À Sacha et Simon.

MARTINE
DELERM

ICI

PHILIPPE
DELERM

SEUIL

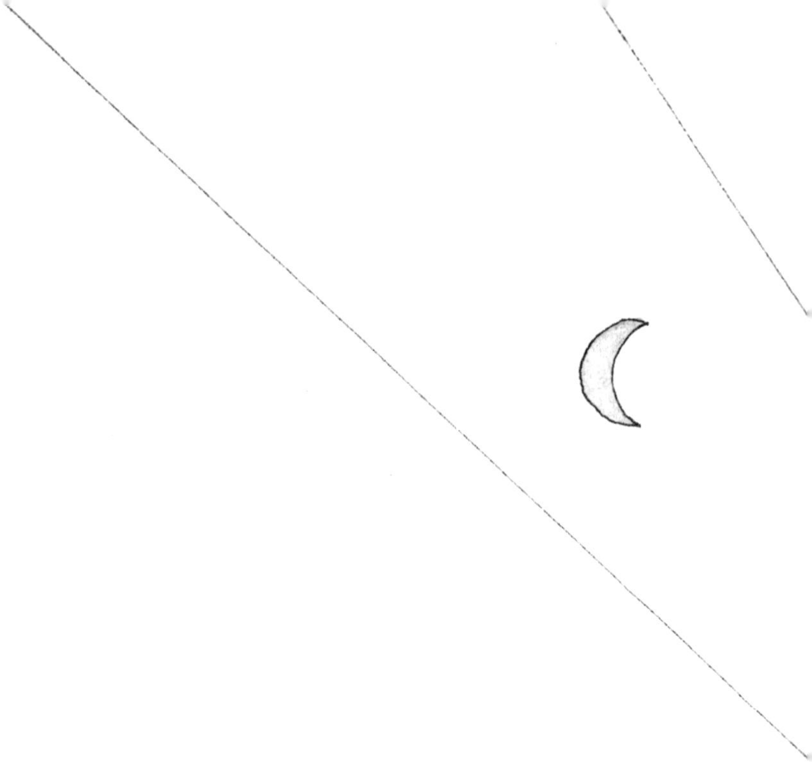

Quelque chose viendra. Je cherche en moi.
L'espace parle à mon silence.

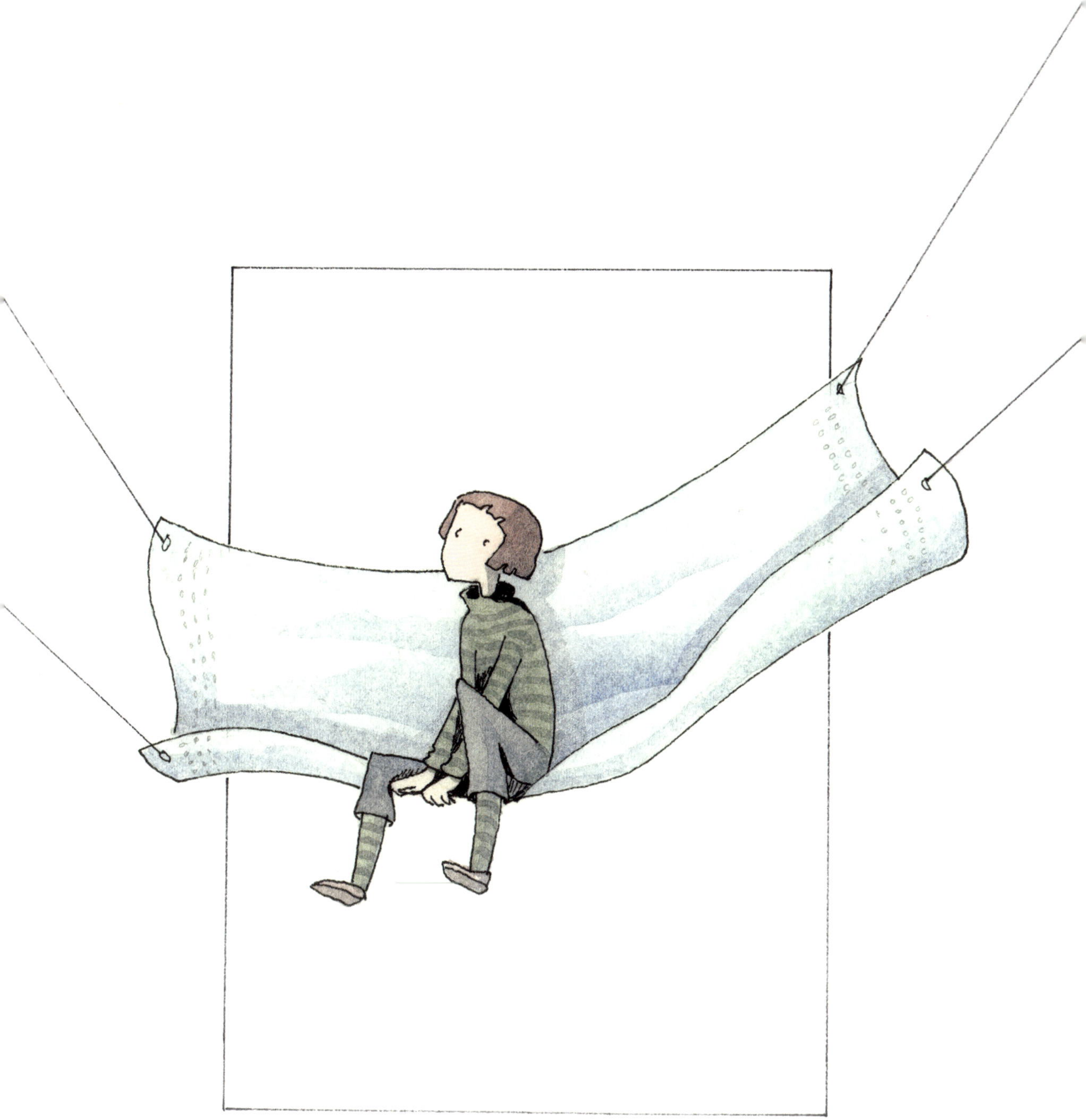

Le silence me veut du bien. Les branches dénudées, décembre pâle. Je n'ai pas l'impression de dessiner ; je cherche en moi des feuilles sur ma feuille. Un petit vent me les ramène et, sans un bruit, j'ai ce pouvoir – tenir hier au creux d'ici.

Avant cette vie-là, j'en ai eu d'autres. Des signes sont restés, des lettres avec des mots qui me font mal, à quoi bon tenter de les déchirer ? Le vertige demeure, le danger, et je reste prostrée, aimantée par le fond. Je ne peux plus bouger.

t'écris devant la
le soleil
Ma chère

On me trouve paisible, transparente. Je ne dis jamais le tumulte au fond de moi. Je n'ai rien classé, rien endormi. J'ai égaré le couvercle de la boîte. Les mots, les visages me hantent. Je suis une fuite immobile.

Le passé ne
subsiste en
moi que com-
me un monde
mouvant.

J'aime sentir en moi cette petite mélancolie, après. Les traces de la fête ne sont pas encore des souvenirs. Une présence. Un silence habité. Comme une signature sur la page des jours. Après.

Je suis un peu folle, on le dit. Transie toute habillée, ravie. La différence rafraîchit. Je me sens si vivante.

Parfois je pense à celles que j'aurais pu être, à celles que je pourrais être. Le brouillard monte, le trouble me saisit. Je me réconforte en approchant de toutes celles que je suis.

Je fais danser la poussière. Je suis tout ce que je fais. Je deviens chaque geste. Je sens bien tout le silence, le secret. Je joue à faire ma place dans l'espace.

Je n'ai pas d'enclos, pas de barrière, de haie.

J'ai fait semblant de réfléchir. Mais non. Ce ne serait plus moi. Je ne veux pas me séparer.

Je peins les jours. Ou bien les jours me peignent. Au plus précis de ce que mes yeux ont vu, j'emprunte mon empreinte. Je veux ressembler à la vie, je veux que la vie me ressemble.

Je fais des rêves à portée de main. Des rêves gauches, tarabiscotés, des rêves cabossés parfois. Pas des rêves au long cours. Ce qui vient de moi ne doit pas m'abandonner.

Je m’enfonce dans l’aventure. La tempête m’emporte. Le vent s’engouffre dans les pages, l’action fait voler les embruns. Je me fais peur.
Ici devient ailleurs.

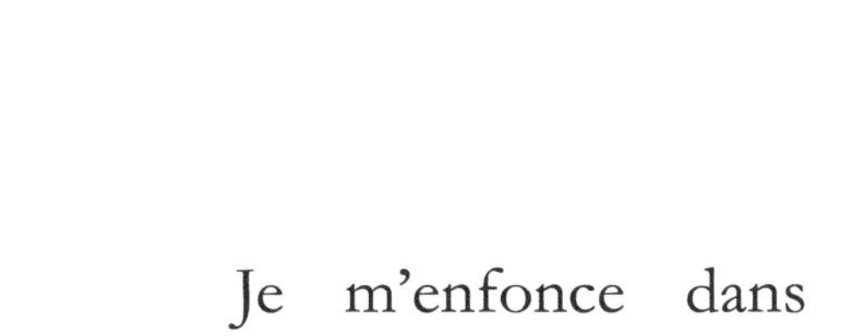

Le tic-tac est si pacifiant. Il crée à lui tout seul l'ampleur de la maison, cette impression de sang qui bat dans chaque objet, et des murs au plafond. Pourtant j'ai peur du temps. C'est lui qui me possède.

Je veux me posséder. Échapper à cette écume imposée des journaux, des nouvelles. L’actualité, c’est le contraire du présent.

On ne peut pas décider de ce qui compte. On ne sait pas ce qui creuse le chemin. Si je regarde en arrière, je vois que les pas qui me semblaient les plus légers ont laissé les traces les plus profondes.

Du fond de moi je fais grandir le monde rond où rien n'est séparé. La bulle doit se détacher pour s'envoler ; c'est là que tout se joue. Rien ne m'oblige à espérer. Mes gestes sont si gourds, mon rêve si fragile. Souffler n'est pas jouer.

Devenir la fragilité des choses qui commencent. Comme elles, je veux me livrer au premier soleil, m'emplir de la promesse d'être moi, oublier la nuit glacée.

Les pommes ont un pouvoir. Si denses, si lourdes quand elles tombent sur le sol. Je les regarde avant de les croquer. Pour saluer la fin de la saison.

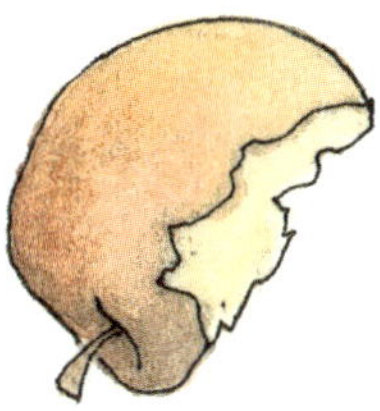

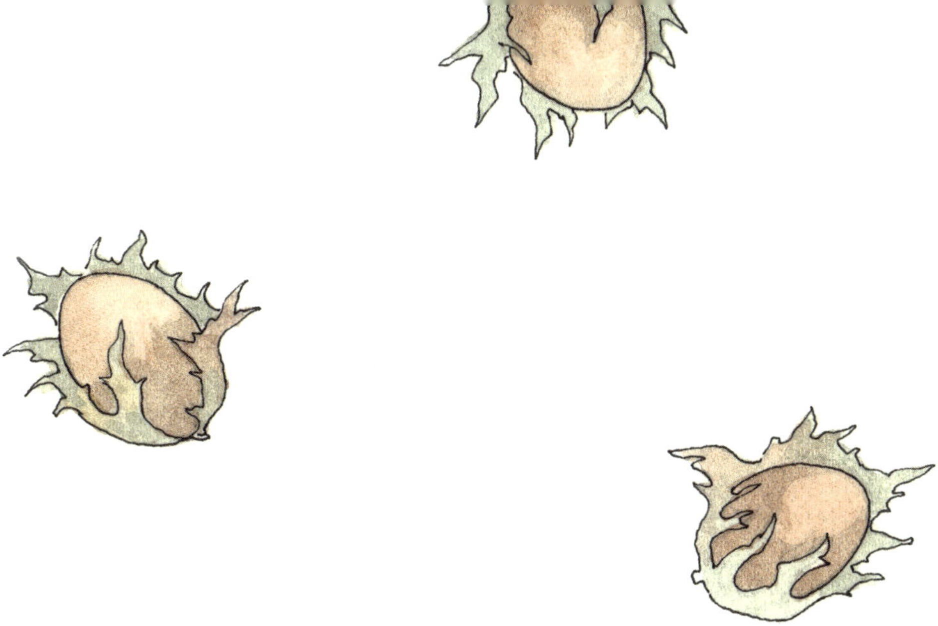

Les prunelliers, les mûriers, les sorbiers, la vie buissonnière. Tout ce qui pousse en douce, à la fin de l'été, le long des chemins creux, dans les haies vives, les fourrés. Choisir la pierre et d'un coup sec casser sans rien casser.

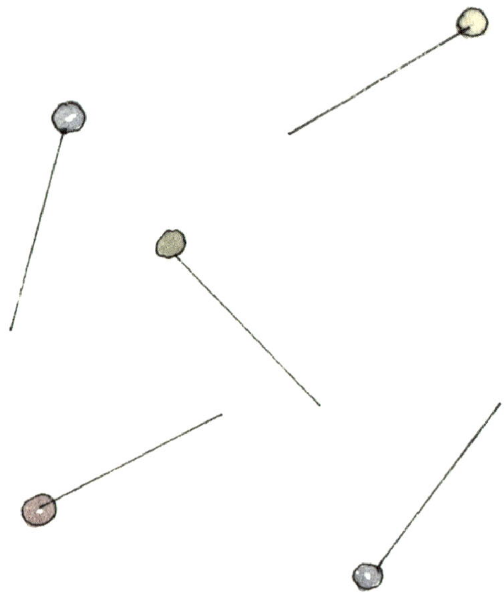

Tout ce qui me traverse me déchire. Il me faut accepter d'être blessée. Rien ne s'efface, mais j'ai un peu moins mal. Au fil des jours.

Je n'ai rien pour me protéger de l'eau qui vient de moi.

Qu'est-ce que j'attends ? J'attends la neige, je sens qu'il pourrait bien neiger. J'ai des images au fond de moi, un pays froid aux maisons douces. Ici il ne neige presque jamais. Je rêve d'un pays de neige quelquefois.

Noël !

Je sais l'angoisse, l'eau noire sous la glace et la surface menacée, une mémoire à se noyer. Quelque chose sourd du ciel si sourd. Accueillir de tout mon être le léger, le nouveau, l'ailleurs. Plus rien ne doit peser.

Dans chaque livre il y a un peu d'ailleurs, un peu de moi. Ils me réchauffent ou ils me brûlent. Chacun est une chance où j'avance masquée. Parfois ils m'ouvrent tant que je dois les fermer.

Et si la même était une autre ?

Les spectateurs, je les aurai. Un seul suffit. S'ils viennent à cent, c'est plus facile. Mais pas si différent. Ce qui compte, c'est que je sois prête. Le temps d'avant ne peut être trop long.

J’aime ça. Les paroles faciles, l’envie de dire un peu le monde, et puis cela s’estompe à petits coups. Le soir monte, le silence vient. Jamais autant ensemble.

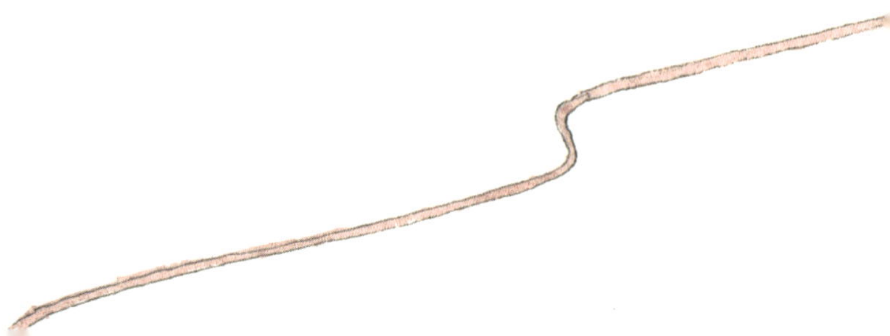

J'en ai rêvé. J'en rêve. Ou bien, ça s'est passé.
Ailleurs ? Dedans ? Dehors ?
Ou dans ma tête.

Des mêmes auteurs

Fragiles, Seuil

Martine Delerm

Papiers de Soi, Seuil

Juste en soi, Seuil jeunesse

Peut-être, Seuil Jeunesse

La vie infinitive, TohuBohu

Philippe Delerm

La première gorgée de bière, Gallimard

Le trottoir au soleil, Gallimard

Les eaux troubles du mojito, Seuil

La vie en relief, Seuil

ISBN : 978-2-02-149500-3

Dépot légal : novembre 2021 - Tirage n°1
Photogravure : IGS
Achevé d'imprimer en septembre 2021 par DZS Grafik, d.o.o. (Slovénie)
www.seuil.com